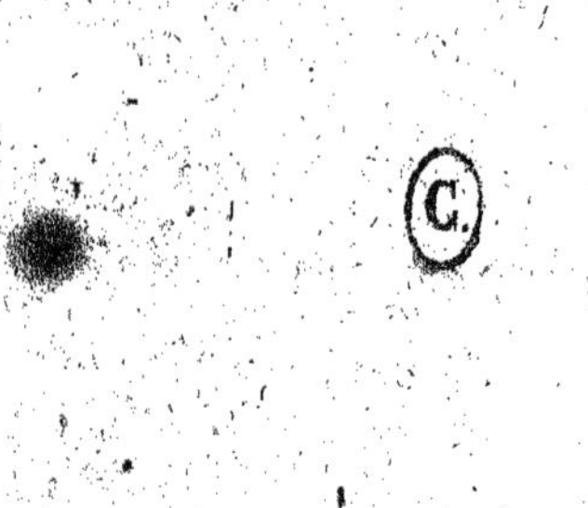

Ye

577

L'HERCVLE GVESPIN
OV
L'HIMNE DV VIN
D'ORLEANS.

A MONSIEVR D'ESCVRES CONSEILLER,
du ROY, Mareschal General des Logis de ses
Armées, Commissaire ordinaire des Guerres
& Intendant des Turcies & Leuées
de Loyre et Cher.

Par
SIMON DV ROVZEAV
D'ORLEANS.

A ORLEANS,

Par SATVRNIN HOTOT Imprimeur ordinaire du
ROY, & de ladicte Ville & Vniuersité
demeurant à la BIBLE D'OR.
M. DC. V.

A MONSIEVR,
MONSIEVR D'ESCVRES CONSEILLER,
du ROY, Mareschal General des Logis de ses
Armées, Commissaire ordinaire des Guerres
& Intendant des Turcies & Leuées
de Loyre & Cher.

ONSIEVR,
Noſtre tout eſtant compoſé de deux
parties, de l'intellect, inuiſible & ſpi-
rituel & du corps palpable & ſenſible:
la volonté, qui deriue de l'intellect,
ne ſe peult manifeſter ou faire paroiſtre que par le moyen de ſa ſeconde
partie, qui eſt le Corps & par ſes actions viſibles & ſenſi-
bles. Ainſi les Citoyens de cette Belle, Fertile, Forte &
Fidelle Cité d'Orleans, repreſentez par douze Patrices
d'icelle portant & ayant charge de toute ceſte Illuſtre Cité, de rendre teſmoignage de la bonne affection
qu'ilz ont en l'Ame, de gratifier & honorer tous ceux
à qui ilz le doiuēt & qui le meritent. Et pour faire paroiſtre auec demonſtratiō & effect, leur affection Cordialle,
apres toutes les Ciuilitez & honneſtes ſubmiſſions pre-
miſes, leur offrent & preſentent ce qu'ilz ont, eſtiment
& iugent eſtre le plus honneſte, vtille excellent & precieux: qui eſt de noſtre bon vin d'Orleans. Et la pratique
en eſt ſi cōmune, que quand nous voyons marcher quelques vns d'iceux en nombre, ſuiuis de leurs Officiers, re-
ueſtus de leurs miſtiques Hoquetons, leurs mains char-

gez de Mainſines de groſſes Bouteilles & de leurs grãdes
Tierces ventrues, ſur leſquelles ſont arborées les Armes
de la Ville, Nous tenons lors pour çertain y eſtre arriué
ou bien vn Prince, ou vn grand Seigneur, ou quelque homme de qualité, de marque & d'honneur puis
que l'on faiǎ cet honneſte preſent. L'excellence duquel
il n'eſt icy beſoin de toucher; car il eſt impoſſible de pouuoir aſſez dignement loüer & bien dire d'vne choſe a la-
quelle l'imaginatiõ, ny la Ratiocinatiõ ne peut atteindre.
Car combien de Doǎes plumes ſe ſont trempées dans
cette douce liqueur? Outre l'experience que nous en fai-
ſons iournellement, auec ǎque la Raiſon nous en ap-
prend. Argument que i'ay pris pour chanter le ton ou
ma voix a peu monter: qui difficillement pourra conten-
ter vn general, n'ayant peu me ſatisfaire en particulier,
attendu la grandeur de mon deſſein & la debilité de mes
forces. Cela n'à empeſché Monſieur que ſtimulé de
deux affeǎions, l'vne de l'Amour de ma Patrie qui eſt
auſſi la voſtre, l'autre de l'Amour que vous luy portez.
Et voyant le luſtre, l'embelliſſement, l'honneur & l'en-
richiſſement qu'elle reçoit de vous, & par vous ie n'ay
treuué vn plus digne moyen de l'honorer, qu'en vous
honorant, qui l'honorés iournellement: Et pour faire
paroiſtre l'affeǎion que i'ay imprimée en l'Ame: de vous
honorer & ſeruir, qui ne ſe peult recongnoiſtre que par
les effeǎs exterieurs i'ay voulu, a l'imitation de nos Patrices, entre leſquelz vous auez tenu & tenez l'vn des premiers rangs; vous preſenter (ce que auec tout honneur
ie vous preſente.) Le Vin d'Orleans du creu de ma vigne
& de la voſtre, ie m'aſſure que le gouſt ne vous en ſera

defagreable. Alexandre le Grand n'ayant defdaigné de
recepuoir vn peu d'eau qu'on luy prefentoit, vous recep-
urez ce bon Vin, cela eftant ie feray peu d'eftat de tous
ceux qui ne le treuueront à leur gouft, n'eftant & n'ayãt
efté labouré & façonné que pour voftre perfonne. A la-
quelle ie prie Dieu Monfieur,

Donner auec acroiffement de contentement en fanté
longue & heureufe vie, auec telle affection que ie fuis.

Voftre tres humble feruiteur
S. ROVZEAV.

De voftre Maifon à Orleans le 10. Nouembre.
veille de Sainét Martin, 1605.

L'HERCVLE GVESPIN.

LOrs que la veigne eft en fleur,
　Nul ferpent n'y faiét fon gifte.
Fuyez ferpens d'icy vifte:
Mes vers ont pareille odeur.
S R.

Fortunas laudare tuas iactantius aude
    Aurelianensis patria dulcis ager.
Gentibus extremis audita Aurelia dudum
    Audita est suauibus terra beata meris.
Hæc tibi cum multis communis gloria terris
    Non afer aut Græcus non tibi cedat Iber.
At nunquam quisquam sic scribere versibus olim
    Instituit proprij singula vina soli.
Ordine vt apposito natalis climata terræ
    Promeret & laudes ingeniumque daret;
Vtque accurato censu cuiusque notaret
    Vina soli & quæuis qualia quanta forent.
Hoc est quod præstat tibi carmine Rovsevs inter
    Hanc primus Ciues ausus inire viam.
Hoc est quò præstas alijs Aurelia terris
    Non vetus hanc laudem non nouus orbis habet.
Fortunas extolle tuas iactantius ergo
    Aurelianensis nobile terra solum.

SVR L'HERCVLE GVESPIN
de Simon Rouzeau.

PHilosophes Naturalistes,
    Remplis de secrets curieux:
    Et vous terrestres arboristes,
    Qui louez le Rozeau mouelleux.
Ce n'est rien qu'vn effrenè lucre,
    Qui pour ce faire vous induit:

Affin de trafiquer le ſucre,
Que ceſte plante vous produit.
Mais voyci bien vne autre plante,
Qui produit vn fruit plus nouueau:
La liqueur eſt bien plus coulante,
Qui ſort de ce mielleux ROVZEAV.
Lon admire ceſte pucelle,
Qui dans la romaine priſon,
Des traits laiteux, de ſa mamelle
Nourriſſoit ſon pere Cimon.
SIMON auec ſa voix faconde,
Acquiert bien vn los plus diuin:
Car il abbreuue tout le monde,
De ſa voix & de ſon bon vin.
O douce liqueur melliflüe.
Quand a traiɛts gloutons on te boit,
Il faudroit le gozier de grüe,
Que Philoxene deſiroit.
L'hypocras des Roys, eſt louable.
Et requis pour vn bon repas:
Ce vin eſt bien plus deleɛtable,
Car c'eſt le Roy des Hypocras.
Ceſte liqueur toute autre choſe
Surpaſſe en ſa diuinité
Si l'on en veut ſcauoir la cauſe
C'eſt qu'au vin eſt la verité
Quiconque ne le voudra croire
Affin qu'il en ait ſon eſbat?
Qu'il prenne la Poeine d'en boire,
Plein le verre du MARQVISAT.

Valer. Max. lib.
5. Cap. 4.

IN Eiusdem authoris Herculem Aurelium,
EPIGRAMMA.

PAstores hedera nolite ornare Poëtam,
    Vendibili vino non opus est hedera.
Mysticus hic liquor est, placidus tantumque bibenti:
    Vt vincat nectar, vincat & ambrosiam.
Piscis eram mutus, sed cum sua vina perhausi
    Audior ex muto pisce Canorus olor
Surdus eram subito auditum mihi fecit acutum
    Iste liquor, scatebris fusus ab Aurelijs.
Hic vbi deest, sensus nullus mihi inesse videtur
    Nullus in aure tonus nullus in ore sonus
O dignum linguæ donum? mihi gutura reddit
    Plena Canore liquor: fit quoque in aure canor.

P. L. L.

Lœtor Pieriis modis.

Ad S. Roseum.

QVI meliora canit, Rozæo credite, vina,
    Credite nam lingua iudice vera canit.
C. C.

A Mr. ROVZEAV.
ON dict que les plus beaux esprits
    D'Enthusiasme sont épris
Pour tracer quelque bel ouurage.
Ie ne scay si d'Amour la rage
Iadis ta DORIDE enfanta:
Ou bien si Bacchus t'incita

De nagueres en la Vendange
A chanter en vers sa louange:
Mais ie sçay bien que la fureur
D'Apollon ta mis en humeur
Pour faire en l'vne & l'autre rime
Paroistre le feu qui t'animé.
I. L. M.

QVATRAIN.

LA liqueur de Bacchus a rendu autresfois
   Sçauant Anacreon, & sa Muse gentile.
Auiourd'huy le bon Vin du creu Orleanois
   Rēd de ROVZEAV la Muse heureusemēt fertille.

Autre.

ROuseau fait veoir combien sa Muse est excellēte
   En descouurant a tous tant de sortes de vins.
Car de l'Autheur du monde ainsi il represente
   Le pouuoir merueilleux & ses effects diuins,
E. R.

QVATRAIN A L'HAVTEVR.

ROseau si d'vn bel air tu as chante des Dieux
   La celeste Boisson condui ta destinée
A traicter le pouuoir qu'ilz ont en ces haults lieux
Puisque ta nature est aux Muses inclinée.
B. D. Sr. De Bel'air.

A S. ROVZEAV,

L'On dira mon Rouzeau de cette douce Lire,
   Dont l'acord mesuré fredonne le bon vin,
Que le diuin Phœbus te la mise en la main
Car ta Lire & ton vin l'Ame & l'oreille attire,

M. L. P.

SONNET A L'AVTEVR.

TE souuient il *ROVSEAV* que quatre ou cinq *Bouteilles*
  Grosses de bon vin *Blanc & de Clairet vin vieux*
Tu feis porter naguere en l'vn de ces beaux lieux
Que tu renommes tant ou beusmes a merueilles.

  Apres ce bon banquet nous ouurions les aureilles,
Tous cinq que nous estions iettans sur toy les yeux
De qui la Docte voix d'accord melodieux,
Chantoit l'honneur Guespin en Rithmes non pareilles.

  Quelcun de nous disoit qu'encor que de Phoebus
Soient conceus les Poëtes ils sont tousiours tenus
Pour menteurs, mais ayans tous digeré ton dire

  Et ton vin, en iceux ils trouuent verité
Tu as doncques ce los par sus tous merité
De n'estre mensonger en chantant sur ta Lyre.

N. M.

AD S. ROSEVM

DElectant iuuenes quæ tu Roseo ore locutus
  O Rosée, & laudant hæc tua dicta senes.
Applaudunt omnes, strepituque Aurelia tanto
  Saltat, vt inuideant cœtera regna tibi.
Non animum veris.tibi nunc impleuit Apollo,
  Sed Bacchus verax, qui dedit ista loqui.
Ergo tuo siquis miscere aconita liquori
  Inuidus atque furens audeat, hinc abeat.
Nec per festa patris det verba Iocosa Lyæi,
  Aut [vt tu] potet vina, venena sinat.

N. M.

AV LECTEVR.

Amy Lecteur, ne porte point d'enuie
Si de ROVSEAV tu vois estre suiuie
De nous sa Lyre, & si a son labeur
Nous desirons estre rendu honneur,
Si nostre Muse embrasse & fauorise
De c'est Autheur la gaillarde entreprise,
Dont le beau stile & les doux coulans vers
Font entonner tant de bons vins diuers,

"" *Vn bel esprit est digne de louange,*
"" *Et non celuy qui croppist en la fange*
D'oisiueté, desdaignant le sçauoir
Et la vertu qui faict l'homme paroir:
Addonne toy à l'estude & science
Qui a l'honneur (ainsi que luy) t'auance,
Tu auras part au doux fruict qu'Appollon
Nous a donné, & les sœurs d'Helicon,
Ne sois oisif, escris pour auoir gloire
Comme ROVSEAV, *nous en ferons memoire:*
Nous faisons cas des espris vigilans
Qui n'ont perdu aux estudes leur temps
De ceulx qui font quelque honneste exercice
"" *Car du temps seul louable est l'auarice*

E. R.

Ne enuiez a tresor.

A mes Amis & à mon Liure.

MON Liuret le Sourcil n'en hausse?
Nos amis te font treuuer bon.
Leur louange est la bonne sausse
De nostre fade Potiron.

CONSTANTIA CEDO.

L'HERCVLE GVESPIN.

A
MONSIEVR D'ESCVRES.
Par Simon Rovzeav
D'Orleans.

MVSES qui autresfois m'auez serui de guide
Errant dãs le desert des amours de DORIDE,
Ie ne desire plus vos celestes faueurs,
Ie ne respire plus ses trop aigres douceurs
Belles, ie ne veux plus frequenter vostre escole,
I'y ay perdu le temps de ma ieunesse folle.
Filles de Iupiter, en nombre troys foys troys,
Vous estes de l'estoc & de l'humeur des Roys,
Vous & les Roys tiréz du Ciel vostre origine,
Les Muses & les Roys sont de race diuine:
Comme de Iupiter vous estes les enfans,
Enfans du hault tonnant sont les Roys triomphans.
  Les Roys font assister leurs amis à leur table

A.

2

Et pour tenir pres d'eux le lieu plus honorable
Leur baillent des Cités, des superbes Chasteaux
Et leurs beaux Cabinetz remplissent de ioyaux.
Vn Roy fait vn Marquis, vn Côte, vn Duc vn Prïce,
Vn Roy faict vn Soldat Gouuerneur de Prouince:
Vous Muses vous traités ainsi vos nourrissons
Qui suiuent vostre cour & l'air de vos chansons.
    Vn par vostre faueur, braue, touche la Lyre
Ou de Mars, ou d'Amour, vn autre scait escrire
Des Princes & des Roys, l'autre fait doucement
Resonner vne Harpe, ou quelque autre instrument:
Entre vous & les Roys il y a differance
Seulement en vn point, c'est qu'ilz ont la puissance
D'enrichir de tresors & de combler d'honneurs
Ceux qu'ilz ont reconnus fidelles seruiteurs:
Vous faictes autrement, car qui vous faict seruice
Pour toute recompense, & pour tout benefice,
Il ne reçoit de vous, Muses, le plus souuent,
Que le triste proffit d'vne Muse de vent.
C'est ce que i'ay acquis de vous auoir prisées,
Dés mes plus ieunes ans vous ayant courtisées.
    Ce n'est pas sans raison que l'ont peint vn ruisseau
Qui sort d'vn grãd rocher, pres de voˢ sainct troupeau,
Que l'on ne voit chez vous qu'vne triste Espinette,

Quelques, Liures, des Lutz, la Lyre, vne Musette,
Qui demonstrent assez que chez vous ont esté
Pour tousiours y loger trauail & pauureté.
Ie reconnoi cela de certaine science,
Non pour en auoir faict en moy l'experience:
Et tout vostre labeur, ô Muses, ne produict
Qu'vn laurier porte-Baye, & vn myrte sans fruict.

Sy vous auies d'or fin les temples couronnées
Comme vous les portez de Myrtes entournées,
Si vous auiez le col chargé de Diamantz,
Les Princes & les Roys deuiendroient vos amantz.
Si vous auiez du fondz comme vous estes belles,
Vous ne vieilliriez pas si longuement pucelles,
Estant vostre Palais sur la voute des Cieux,
Vous auriez pour époux des plus braues des Dieux
Retirés vous d'icy, car on fuit & deteste
Vostre pauure vertu tout ainsi que la peste:
Vous ne sçauriez nourrir vn chetif enfançon,
Tout vostre reuenu n'est rien qu'vne chanson,
Qui demeure a la fin au banc pour la prisée,
Du vulgaire ignorant la fable & la risée.

Escartez vous de moy, Nymphes aux beaux cheueux,
Vostre cristal coulant entonner ie ne veux,
Le Cabalin canal, la fameuse fontaine,

4

Seul honneur d'Helicon, l'argentine Hippocrene
Est trop fade pour moy, maintenant il me fault
Emboucher un clairon qui esclâte plus hault.
    Nayades ostés vous. Marines Nereïdes
Tenés vous au profond de vos palais humides
Et vos Phorques aussi, car mon vouloir n'est pas
De chanter de vos eaux de Pougues ny de Spas.
Quelqu'autre vantera le doux coulant Meandre
Et s'il luy plaist encor' Simoïs & Scamandre.
Celebre qui voudra le Nil Ægiptien,
Le Tamisin Breton, Maragnon l'Indien,
Le Vuolgue Poulonnois: Que la Nymphe Aretuse
Trauersant Gibel-Tarc voise trouuer Vâucluse
Ie ne veux accorder de ma muse les tons
Aux cornetz esclatantz des escaillés Tritons.
    Et vous Pere des Dieux, Roy des ondes salées
Gouuernés a plaisir les grottes emperlées
De la riche Thetis, de qui le large bord
Va de l'Est, iusqu'au Sud, & de l'Ouest iusqu'au Nord.
Non non, ie ne veux point descendre soubz les ondes,
Ie ne veux curieux voir leurs sources profondes
Ainsi qu'un Arion ie ne veux presumer
De commetre ma vie aux hazardz de la mer.
Orphée ie ne veux descendre au creux Auerne,

Ie veux chercher Bacchus au fond d'vne tauerne.
Ie ne veux visiter tous les peuples enclos
Dans le grand Ocean, ie redoute ses flotz.
De Iupin, de Pluton, & du Roy de la Thrace,
Ie quitte les Tresors, les horreurs & l'audace.
Ie ne veux plus pour eux sur mon Luth fredonner,
Mais ie veux d'vne fleuste & d'vn tambour sõner:
Non pour effectz cruelz, mais pour ceste louange
Que ioyeux i'entreprend aupres de la vandange.
Ie veux qu'vn air nouueau retentisse à l'entour
Du dru dru batement de mon gaillard tambour,
Et faire au bedou-dou trepigner les Bacchantes
Aux cheueux serpentés auec les Corybantes,
De liërre sacré & de pampre couuertz
Les yeux estincelans, gros, rouans & ouuerts
En l'habit dont vsoient les grecques Edonides
L'Orgie celebrant & les Mimallonides
Ayant leur thyrse en main ça & la forcenant
O u l'ardeur de Bacchus les ira promenant.
Les Thyades aussi follement vagabondes
Criant, riant, hurlant, sautelant, furibondes.
    Muse vineuse, doncq'chantons gaillardement
Portés de ton esprit degoisons brusquement
Pour la force, & l'honneur, & la douce merueille

6

De l'Hercule Guespin a nulle autre pareille.
Car pour le bien chanter il me fault vin diuin
Que ie fois faict par toy Chantre, Peintre & Deuin,
L'estant ie porteray sur mes ailes soudaines
Ta grandeur iusqu'au bout des terres plus loingtaines:
Mon pinceau depeindra des plus rouges couleurs
Et des blanches aussi tes plus rares valeurs.
    D'ESCVRES, que le Ciel & non pas la fortune
Fauorise & cherit de faueur non commune,
Ie vous donne ces vers, qui pour leur pole auront
Vostre nom plein d'honneur imprimé sur le front
Vn heur au vostre egal soubz le Ciel ne peult estre
Puis qu'il vous a donné la faueur d'un tel Maistre,
Quoy Maistre? mais grand Roy, a qui le Ciel serain
Promet dessus les Roys l'Empire souuerain:
Si d'un œil gratieux vous voyez cest ouurage,
I'ay de la force encor', i'ay encor' du courage
Pour chanter vos vertus, dont vn rayon reluit
Plus que non pas Diane en la plus claire nuict.
Quelque autre sonnera d'une Muse plus graue
Vostre subtil esprit, diligent, sage & braue
Vostre bon heur aussi, qui tout autre bon heur
Rend si triste a le veoir qu'on le diroit mal-heur.
En attendant qu'un iour du Gange iusqu' a Thule

Voftre nom s'eftendra, recepuez cet Hercule,
Qui foubz voftre faueur hardy, braue & galland
S'en va par l'vniuers les monftres debellant.

    Ie n'ymagine plus que le chœur Aonide
M'enuironne le front d'vn rameau Daphneide.
Ie veux que deformais vn Pampre verdoyant
Seul honneur de mes vers foit mon chef tournoyant:
Puis que c'a efté toy ô Bachus ayme-dance,
Qui du ciel a premier receu la congnoiffance
De ce diuin Nectar. Mais non, o Euôe,
Non ce ne fut pas toy, ce fut le bon Noé,
Ce Patriarche fainct, qui cultiua la plante
Dont le fuc, les Grands Dieux & les hommes enchante.
Mais c'eft toy grand Bachus enfant de Iupiter,
Qui a peine conçeu ne pouuois euiter
Vne foudaine mort, fi ton foudroyant Pere
Ne t'euft foudain tiré du ventre de ta Mere,
Pour te mettre en fa cuiffe, ou comme dans le flanc
De ta Mere tu fus acheué de fon fang,
Et qu'en ce lieu tu pris aliment & croiffance
Iufques au temps prefix, qu'vn enfant prand naiffance
Et que crainte des yeux de Iunon clair voyans
Il t'enuoya cacher dans les Bois Nyfeans.
Telle eft l'opinion des Conteurs de la Grece,

La Grece des menteurs la mere & la maistresse.
  Ces noms de Bromien, Euan, Nyctiléan
Ignigene, Eleleu, Lenéan, Eléan,
Thebain, Bassaréan, Liéan, libre-Pere,
Brisean, Niséan, Bachus, I ach, sans mere
Trigone, Thioneu: ce sont des noms tonnantz
Qui aux aureilles sont rudes & mal sonnantz.
Tous ces noms sont venus ou de la Tartarie,
Ou des montz Rypheans ou de la Barbarie.
Tes beaus noms en François ie veux solenniser
Tes beaus noms en François ie veux eterniser.
  Sus donc Muse disons d'vne fluste charmante
Aussi doux, que du vin est la liqueur coulante.
Disons Muse les noms de ce diuin Bacchus
Disons deux & trois fois ses plus rares vertus,
La source & le subject d'ou viennent les louanges,
Et l'honneur que l'on faict au Pere des vandanges.
  Amoureux, Baladin, Rubicond, Iouial
Portelance, Fougoux, Furieux, Martial,
Hay-labeur, Paresseux, Fol, Engendre-querelle,
Banqueteur, Alteré, Guespin, Brouille ceruelle,
Chancellant, Discoureur, Turbulent, Accordant,
Digerant, Sans soucy, Boutefeu, Discordant,
Indien, Potelé, Fort, & Fumeux & Braue,

Vigneron

Vigneron, Vendangeur, Biberon, Garde-Caue.
Riant, Muſicien, Vie-alongeant, René
Eſbarbé, Ieune filz, Semelier, Cuiſſe-né,
Dormeur, Briſe-priſon, Puiſſant & Veritable,
Cordial & Scauant Laſche-nerf, Memorable,
Hardy, Richè, Marchant, Soldat, & Gouuerneur
Baron, Conte, Marquis, Prince, Roy, Empereur,
Tu en as plus encor. Mais qui pourroit deſcrire?
Tous les noms d'vn Monarque ayant ſi grand Empire?
Ceſars, & Tamburlans pres de toy ne ſont rien
Puis que fut ton vaſſal le Macedonien.
La plus part des humains rendent obeiſſance
A ta force & grandeur, redoutent ta puiſſance
Bref tu es Empereur: car ces grands Electeurs
Sont vaſſaux & vaiſſeaux de tes loix protecteurs.
Tu te rends quelquesfois Cruel, & Redoutable,
Tu te rends quelquesfois Paiſible & Amiable:
Ton pouuoir & ton nom, volent par l'vniuers,
Tes grandeurs, tes honneurs, s'eſtendent dans mes vers
Bref tu es Idolé ſur ceſte maſſe ronde,
Ton Empire ſ'eſtend ſur la terre & ſur l'onde.
Ton ſiege imperial ſont les Couſtaux Gueſpins
De Cheſnes lambriſſez, de Coudres & de Pins
Ie les veux tous chanter & toutes les Prouinces

10

Ou tu as eſtabli des Roys, des Ducz, des Princes,
Or ie veux donq Bacchus exciter ta faueur,
C'eſt de toy que ie veux imiter la fureur,
Ie veux dedans mes vers t'eriger vn Trophée,
Ta Guirlande ſera de ma Muſe eſtophée.

Il ne fault pas mentir, ne fault iurer en vain,
Quand il eſt queſtion de parler du bon vin
Et le bon vin ne veult, quoy qu'il ſoit veritable,
Que rien ſoit raporté de ce qu'on dit a table.

O ſton le fabuleux, que au vray donq il ſoit ſceu,
Quelle eſt ton origine & dont tu es yſſu.
De moy ie veux prouuer ſi quelqu'vn le denie,
Que ta naiſſance fut aux Coutaux d'Armenie.
Le bon pere Noé, apres mille trauaux
Dedans l'Arche receus par l'orage des Eaux,
Premier te cultiua & pour ſon Æſculape,
Premier il eſprouua le doux ius de ta grape:
Puis de la t'eſpanchant chacun voulut auoir
L'engeance de ton plant, pour ta vertu ſcauoir.
Or de ceux qui ont eu de toy la connoiſſance,
Qui ont Deifié ta diuine puiſſance,
Les Grecs tous les premiers en furent inuenteurs,
Et les Grecs ont eſté les plus braues vanteurs.
A leur piſte marchant la nation Latine,

Apres eux a chanté ta Celeste origine.

   Chantons donq par honneur le vin Armenien
Le diuin Palestin, le puissant Rhodien.
Au Trosne des bons vins ilz marcheront en teste,
Ceux cy auront l'honneur de commencer la feste:
Suiuis du doux vin Grec & du fort Itaquois,
Iadis tant celebré: auec le Calabrois,
Le Vernace Corsegue, le Paillet de Sicille,
Dont la couleur faict veoir la Nature subtille.
Le Cerdesque grossier, le bruslant Ciprien,
Qui voisine en fureur l'ardant Canarien,
Du gros vin de Damas, & du vin de Corinthe,
Il n'en fault pas humer chasque fois vne Pinte.
Ie ne boy de ces vins ie les laisse a l'escart,
Et le Bastard aussi, mais ie veux auoir part
Et tirer vn bon coup dans cette tasse nette
Du vin portant le nom de la belle Rosette.

   Chanterons nous icy le fort Napolitain,
Qui aux Centaures feit prophaner le festin,
C'est pour ceste raison que l'on l'apelle Larme,
A l'œil metant la Larme & en teste l'Alarme
Il ne fault oublier le Barbare Affriquain:
Le Palmier Indien, voisin du Marruequin.
Affin que mon hault-bois ait plus de melodie,

Ie veux mouiller mon anche au preſſoüer de Candie:
Ayant bien reconnu ſes effeéts ſouuerains,
I'en feray mes accords meilleurs & plus certains.
Apres ie fluſteray de celuy d'Allemaigne
Et de l'Italien & de celuy d'Eſpagne,
Du violent de Riz de l'Andaluſien
Alterant, corroſif, & du phalernien,
Le doré vin de Coque, & de Ribe d'auie
Tous ces vins ne ſont vins mais bruſlante eau de vie:
Quoy qu'ilz ſoient doux & forts ilz ſõt par trop ardãs
Et les corps temperéz bruſlent par le dedans.
Ie ne fay pas eſtat du plat Oligophore,
Ny le rude Striphnon ne me plaiſt point encore.
Mettons dedans ce bal le Bourru, le vin Gris
Le Fauue le clairet & cet œil de Perdris
Du Paillet, du Couuert: de tous fault que ie die
Vn verſet en paſſant: ſauf de la Normandie.
Ie laiſſe le ginguet, le petit verdillon,
Ce n'eſt icy le lieu du vin de Rouſsillon:
Il a plus de vertu de purger la grauelle
Que de planter au poing la tranchante alumelle.
Si ie voulois nombrer tous les vins & leurs noms
Et de leurs qualitez deduire les raiſons,
Mon Poëme enfleroit plus gros qu'vne Iliade

Qu'vne Æneide encor' & qu'vne Franciade.
   Me semble oüyr iaser, vn qui lisant ces vers,
Fera sans iugement vn iugement peruers,
Disant que leur Autheur faict parestre a leur trõgne:
Estre vn fumeux Rapé & vn fameux yurongne.
Ignorant tu ne scais qu'Homere le scauant
Onques ne veid Drapeau voler au gré du vent
Qu'en teste il ne laça la salade dorée
Onq' (t) ne desgaina vne lame acerée
Combien qu'il ait loué cette douce saueur
Il ne fault inferer qu'il fust vn grand beuueur
Des Armes & du vin tel scait la teorique
Qui pour ce n'en a pas, ny l'art ny la pratique.
Puis la sobre Pallas compagne des neuf Sœurs
Onq' ne fauorisa les excessifz beuueurs
   Du Sainct tertre iumeau la neufueine sacrée
D'vn crapuleux Bacchus iamais ne se recrée.
   Pourquoy ô bon Hercul n'as tu planté tes Loix
Comme sur nos coutaux dans le païs Anglois?
Est ce que D'Apollon il n'a pas ceste grace?
D'estre eschaufé des raiz de sa riante face.
Ou si c'est le solage, ou si c'est que leur foy
N'est pas digne d'auoir vn tel Prince que toy.
De moy oncq' ie n'ay veu en toute l'Angleterre.

Vn seul Pampre empourpré qui tapiſſe leur terre.
Laiſſon la ces propos, car nous romprions le cours
Et le fil commencé de nos heureux diſcours.

Deſcouurons le plus beau des treſors de la France,
D'Amaltée, eſtalons la Corne d'Abondance.
Entre les Precieux & les plus excelans
C'eſt le bon vin qui croiſt au terroir d'Orleans.

Comme entre les guerriers on prefere vn Achile,
Vn ge nereux Hector & vn Vliſſe habille,
Vn puiſſant Diomede, vn Neſtor Antien,
Vn grand Agamemnon, vn Telamonien.
Des Poëtes diuins, entre tous on reuere
Vn gaillard Simonide, vn Pindare, vn Homere,
Ciceron, Demoſten', entre les mieux diſans
Ariſtote & Platon, entre les plus ſcauans.

Comme on voit le Soleil ſurpaſſer les eſtoilles,
Bien qu'elles ſoient du Ciel des beaultez les plus belles:
Ainſi que le Lyon eſt Roy des animaux,
Et l'Aigle aux yeux d'acier L'Empereur des oyſeaux,
Ainſi noſtre bon vin ſur tous les vins doit eſtre
Vaillant, Premier, Soleil, Roy, Empereur & Maiſtre:
Ainſi doibuent ceder tous les plus rares vins
Aux vins qui ſont cueillis ſur les Couſtaux Gueſpins.
Ca tirons en paſſant du gros vin de Bourgongne

Vn traiét, puis nous irons, voir son frere en Gascögne.
Beuuons aussi vn coup de celuy de Gaillac:
Il est aussi fumeux que est cil de Cadillac.
L'alterant d'Agenois, de Graue et la Reolle,
Entre les vins Gascons seront mis dans ce roolle.
Celuy de Montpellier, & ceux du Languedoc,
Et les Gascons fumeux, sont tous d'vn mesme estoc.
  Siléne gallopons que ton asne s'auance:
Le Rosne trauersant visitons la Prouance.
Ton asne paresseux ne va que trepignant
Allons voir le Muscat honneur de Frontignant,
Nous en boirons chacun vn grand Cristallin verre,
Puis reuiendrons gouster de celuy la d'Auxerre.
Mais faulte d'auoir beu i'auois obmis Toullon,
Castelnau d'Auignon, Tin, voisin de Tournon.
Redoublons donc vn coup: car a faulte de boire
Ie sentois peu a peu s'escouler ma memoire.
Le bon vin resiouist et renforce le cœur,
Et la memoire aussi r'animant sa vigueur,
Si l'on vse de luy d'vne façon discrette
Ou bien l'accompagnant d'vne Nymphe bien nette.
  Hercule i'aurois tort si le plant ie taisois
De ton petit Madon, gloire du vin Blaisois
Bien qu'il soit reserré dans la prison d'vn Chesne

Comme le vin d'Ay, & le François Surefne.
Le friant vin de Court, Iarnac le Poiteuin,
Qui fuit la maifon Fort, le tufeux Angeuin.
Sa force, fa bonté, fa beauté, fon merite,
Merite d'eftre au rang des vins François efcritte.
  Le ROYAL Pris-par-tout luftre du Vendofmoys
Peult porter vn tel nom puis qu'il eft a nos Roys:
En l'honneur de mon R o y ie l'honore & le prife
Sur tous les boys qui font, facrez au dieu de Nyfe
C'eft le clos de mon R o y & de ce Grand DAVPHIN
Qui furpaffe en grandeur Hercule le Thebain
Et qui deuancera tous les Roys de la terre
Côme vn Augufte en paix & côm' vn Mars en guerre
Ce vin foit dit le Roy des plus delicieux,
Eftant au plus grand R o y que Ccuronnent les Cieux.
  Celuy de Bar-fur-aulbe & celuy la de Beaulne
Et le vin Lionnois arrofé de la Sofne.
Au roolle des bons vins mettons le vin d'Arbois,
Et Ruel & Coucy, le Picart Laonnois.
Pefle mefle en ces vers ne le trouuez eftrange,
Ilz Imitent ces vins qui font faictz de meflange,
Et non de raifins feulz, comme les Auuernatz
Qu'on faict en nos Coutaux, bons, fortz & delicatz:
De bons Auuernatz purs, eft faicte la purée,

Du bon

Du bon ꝟin d'Orleans, de couleur empourprée.

Muſe c'eſt trop chanté des ꝟins de nos ꝟoiſins
Des eſtrangers auſſi: chantons de nos Raiſins.

Vulcan Dieu forgeron forge moy dans ta forge
Vne grand' Saqueboute, affin qu'a pleine gorge
Ie reſonne l'honneur de noſtre mouſt Gueſpin,
Dans les polis retours du metal le plus fin.

Comme l'on ꝟoit ꝟn Ror quand il ſort de ſon Louure,
Sur tous ceux que ſon œil clair-ꝟoyant luy découure
De ſa Royalle Cour, les Princes, les Seigneurs,
Reçoiuent de ſa main les premieres faueurs,
Comme les plus cheris, les premiers il œillade
D'ꝟn œil Royal & doux & puis d'ꝟne acollade.

Ainſi le clair Soleil Roy des Aſtres luiſans,
Oeillade par ſur tous les Coutaux d'Orleans.
Comme ſes plus cheris, les premiers il honore
Leur donnant le bon iour auec la belle Aurore
L'Aurore aux Patins blancZ emperlée de Fleurs,
Au teint blanc & ꝟermeil, mes cheries couleurs:
Ainſi du blond Phœbus, l'agreable preſence,
Faiẛt naiſtre de Bacchus la douce quinte eſſence.

Quelques ꝟns ont ſuiui l'errante opinion
Qui n'a nul fondement que leur affeẛtion,
Que de tous les enfans que nous produit Semelle

Le Maſle eſt le vin Blanc, le Clairet la Femelle:
Cette queſtion cy la vuide qui voudra
Vn Docteur en bon vin peult eſtre la vuidra
Ie ne veux pas icy ſoudre cette diſpute,
Le Blanc n'eſt pas mon Blanc n'y le Clairet ma butte.

Du vray champ de Bacchus, * dont le rang eſt icy
Combleux, Sainct Iehan de Brayes, Marigni & Checy
De Semoy les bons vins, tous il vous conuient taire
Et faire honneur au vin voiſin de ſainct Hilaire.
Sur tout de l'odorăt & doux coulăt Muſcat,
Eſtant plus fort qu'eux tous, friăt & delicat
Le Bon champ de l'Ecot, la belle Maumenée,
Entreront au balet de la Blanche vinée:
Suiuis des Genetins du bocageux Louri,
Et des rous Fromentés du Iardinier fleuri.

Le ſouuenir plaiſant d'vne pleine bouteille
A qui nous auons faict ſouuent pancher l'oreille,
M'inuite de donner a ce Flaſçon l'aſſault
Et d'ardeur d'y donner le Foye me treſſault.
Auant que l'atacquer fault faire les aproches
Au bon Deca-Meron quoy qu'il vienne des Roches
Roches dont le bon vin illuſtre autant le nom
Que la ſource qui ſort des roches D'Helicon.
Mais qui eſt celuy la qui demeure derriere

Pouuant entre nos vins paſſer vne carriere,
C'eſt Celliers riche honneur, du terroir Ingregeois
Dont le bon vin faict honte au meilleur vin Gregeois.
    Te lairray-ie en oubli d'Eſtuué la Fonteine
Fonteine que Merlin dict de merueilles pleine
Qui ſourdement bruyante en ton profond Canal
Semble nous menacer de te couler aual,
Pour cruelle noyer ce terroir tant fertile
Et les ſurperbes Tours de noſtre belle ville
Et ingratte engloutir & la tumbe & l'honneur
De ce Docte Maſſac ton antien Seigneur,
A qui noſtre doux air & noſtre humeur Gueſpine
Fit changer ſon Clairac en ta ſource Argentine:
Heureux s'il euſt pluſtoſt reconnu ta vertu,
Cloton ne l'euſt ſi toſt de ſon dart abatu,
Qu'il n'euſt rendu l'honneur de ſa ſanté premiere
Au Criſtal de ton eau, de plus riche miniere
Que Pougues Niuernois, qu'il a viuant chanté
Par vn vers qu'il auoit en ta ſource enfanté,
Or grand Maſſac repoſe en la pleine Eliſée
De Lauriers Couronné par ta Bande priſée
Pendant que ie repan au tour de ton Tumbeau
Du meilleur vin qui croiſſe au riues de ton eau
Eſmaillée de fleurs, toute pleine vne coupe,

En l'honneur de ton nom & de ta docte trouppe.
  Qu'vn cornet a Bouquin dont l'esclat s'esleuant
Pousse Hercule ton nom du couchant au leuant.
Ie luy feray percer les plus espoisses nuës,
Ie luy feray passer les riues inconnuës,
L'air en sera poußé si viuement en Laer
Que les oyseaux legers cesseront de voller:
Sa force passera celle de la Rémore,
Arestant & les nefs & la Remore encore
Cà ça commençons donq commencés Pere-franc
Vostre geste armera fort bien le premier ranc:
Si le Blanc a marché premier en ceste dance,
L'Auuernat rubicond, pour suiura la cadence:
Et si le Blanc a faict la Capriole en hault,
Le vermeil Auuernat luy franchira le sault.
* d'O- Sainct Martin, * St AI, St Mesmin, St Hilaire:
liuet. Bou, Checy, & Fourneaux: auec la Gabillere,
Fort, Prompt, & Delicat, Amoureux, Doucereux,
Friant, Fumeux, Subtil, Coulant, & Sauoureux,
Nourrissant, Eschauffant, Alterant qui Renforce,
Confortant, Conseruant, qui l'àpetit Amorce,
Cailloteux, Groueteux, Argilleux, Glazonneux,
Pierreux, Gras de Terrouer, solage Sablonneux:
A vos riches climatz d'influence vineuse

Et a voſtre liqueur ſur toutes ſauoureuſe
En faueur de vos noms & de voſtre bon vin:
I'Apendz ces bruſques vers façonnés de ma main.
Pource que voſtre vin ſur tous ceux de la France,
Porte d'vn vin parfaict, l'effect & l'apparence
Et ſi en quelques lieux, & en quelques ſaiſons,
Il s'en treuue de bons? ilz n'ont tant de raiſons.

    Ie donrois volontiers le prix & la victoire
Au bon vin d'Oliuet, ſur tous les vins de Loire.
Entre ceux d'Oliuet, ie donrois le Laurier
Au bon vin que produit le clos du Cheuecier,
Pour ce que liberal tous les ans il me donne
De Raiſins empourprés vne riche Couronne.
Ie donne mille fleurs au Coutau de Caubray,
Vn verdoyant Lhierre a celluy du Coudray,
Pour eſtre mes voiſins & voiſins de ma vigne
Ilz auront dans mes vers vn rang de leur nom digne.

    Le bon vin d'Oliuet a ces trois quallitez
Si vn verre tout plein au nez vous preſentez
1   Il rend meilleure odeur que ne faict la Ciuette,
Que le Muſc & le Nard & que la Violette.
2   Il excelle en douceur le Nectar ſauoureux,
Tant il eſt Nourriſſant, plaiſant & Amoureux.
3   Le Rubi n'eſt ſi beau n'y le rouge Amarante,

Il palit du Corail la couleur rougissante,
Le bon vin d'Oliuet, net, couuert. fort de reins,
Doit estre tenu cher entre tous les bons vins.

    Or de tous les Coutaux & des belles Collines
Qui naissent a l'entour des Campagnes Guespines:
Pres Sainct Martin l'on voit vn Tertre tout diuin
En ce lieu la Bacchus veid le premier raisin:
Ce lieu, sur tous pouuoit, pour sa grande excellence,
Porter le nom diuin de Bacchus Porte-lance:
Car de sa propre main, il le voulut planter:
Et croy que le Nectar que beuuoit Iupiter
Croissoit en ce lieu la, car il est le plus noble,
Et le meilleur qui soit dans le François Vignoble.

    C'est le Royal Povrr: dont le plaisant regard,
Nous faict veoir cōbiē peult, & la Nature & l'Art.
Les Ligustres fueillus, dont les Longues Allées
Se brauent a l'enui des Grottes recullées,
Les Zephirs, de Loiret, le murmure imitant,
D'vn coulant gazouillis, les oyseaux inuitant,
Des fertilles Iardins, l'ingenieux Dedale,
Les Sicomores droictz que nul Cedre n'esgalle:
La Gallerie encor, les mignardz Pauillons
Les Cartes pour planter les François bataillons,
Les Trembles baluotans, les raretez insignes

Que chanteront vn iour les Pœtiques Cignes.
Et plus doucement qu'eux vn POETE diuin
Grauera ses beautez d'vne plume d'airin.
Ie diray seulement, POVRR, ce qui t'honore,
Qui plus que tes beautés t'illustre & te decore.
Biē que entre tous ceux la qu'on met aux premiers rāgs
Tu parroißes petit: si es tu des plus grandz.
Puis qu'en toy ont entré, & sur ta belle Crope:
Deux grandes Majestés, Miracle de l'Europe.
La presence d'vn ROY, c'est la perfection
L'aile de leur grandeur c'est ta protection.
Ces Royalles honneurs, suffisent ce me semble:
Pour t'honorer, POVRR, & l'Vniuers ensemble.
    C'est en ce lieu que croist le vin delicieux:
C'est en ce lieu que croist le bon vin gracieux,
Le vin n'est point si doux, c'est de la Maluoisie:
Ce n'est pas Maluoisie, ains c'est de l'Ambrosie,
Dont la hault és Banquets: Iadis beuuoient les Dieux,
Ie la veux de rechef faire monter les Cieux.
Mais i'en veux boire auant toute pleine vne Coupe:
Pour redresser mon train qui desja s'entrecoupe.
Elle r'amollira l'Anche de mon Hault-bois,
M'en lauant le Gosier rafrischira ma vois,
Et m'emplira le cœur d'vne Saincte Enthousie:

24

Et malgré Lachesis m'allongera la vie.
Et le filet coupé, du ciseau de la Mort,
Peut estre renoué par son pouuoir plus fort.

Çà donne m'en Garçon vne grand' Tasse pleine,
Tant qu'on en peult tirer sans reprendre l'haleine.
Ie sens ia sa vertu qui m'eschausfe au dedans
Qui noye mes ennuis & mes soucis mordans.
O qu'il est frais & bon ô que mon Foye est aize,
Cela coule plustost que ne faict vne Fraize:
Ne voy tu pas mon front, que cette douce humeur
A peint du vermeillon de sa vifue couleur.
Ie ne sens pas ma soif pour ce coup estanchée,
Allons en quelque lieu couchez sur la Ionchée.
Resiouir nos esprits, reueiller nostre cœur:
Aualant a longs traictz cette douce liqueur.
Sa celeste vertu plus suefue que le Basme,
Peut diuine animer vn Esprit qui se Pasme.

Donnons encor vn coup la charge a ce Flascon:
Tant plus i'en boy souuent, plus il me semble bon.
Quand ie voy ce Rubis, petiller dans la tasse
Dõt l'odeur porte au nez, plus loing qu'vn pié d'espace:
Le Miel & l'Hipocras n'est comme luy coulant:
La Manne, n'est au goust si douce en l'aualant.
Allons donq mon Hubert allons chercher l'vmbrage
Des Aulnes

Des Aulnes tramblotantz & leur espais feuillage.
Pour y boire plus frais a plaisir attendant
Que Phœbus esteindra son Flambeau plus ardant
L'air des Champs est plus gay que celuy de la Ville
Ayons nostre Lettier & nostre cher Basille.
Nous enuoyrons deuant, pour seruir de Brandon
Vne pleine bouteille auec vn gros Iambon.
Reserué pour ce faict, dedans ma Cheminée:
Et d'vn gras Bœuf Breton la Langue Parfumée.
Il les fault enuoyer porter a Oliuet,
Sur le riuage herbu du Cristallin Loyret.
Ou a trois pas de la, tres-legere est la course:
La mettrons rafreschir dans l'Argent de la Source,
Source de tres-bonne eau, Source de tres-bon vin,
D'Auuernat pour le soir, de Muscat au matin.
Puis sur l'Esmail des Fleurs, de l'herbe fresche & tédre
Nous irons nostre corps & le Iambon estendre.

   Les pas de vos desirs suiuront vos beaux discours,
Les miens seront du vin mes nouuelles Amours.
Ie vous inuiteray, l'vn apres l'autre a boire:
Aux Nimphes de Loyret, & aux Nimphes de Loyre.
Et au doux souuenir d'vn baiser amoureux,
Qui me sembloit vn temps comme vin sauoureux:
Vn tel soing maintenant la Nuict plus ne m'esueille:

D

C'est plustost toy bon vin, qui me soufle en l'oreille,
Quand auec mes amis pour tuer mes ennuis:
Tu me fais acourcir les heures & les nuictz.
Beuuant de ta liqueur, dont la vertu surpasse
Celle la du Cristal que l'on boit sur Parnasse.

Ie parle pour ceux la, qui entre les mortelz
Ont acquis par leur vers des Lauriers immortelz
Ilz disent qu'aussi tost, que de cette Fonteine
Ilz ont gousté de l'eau, leur ame est toute pleine.
De fureur Poëtique & que cette liqueur,
Leur eschauffe l'Esprit d'vne diuine ardeur.

Ie di que tout cela, n'est qu'vne fantaisie
Et que ce n'est de la que vient la Poësie.
Ce sont Fables en l'air & Contes de Resueurs:
Tous les Poëtes ont esté de bons Beuueurs:
Vn des meilleurs tesmoings, c'est le galant Homere:
Pindare, dont le nom tout Poëte réuere:
Et encor en sera le bon Anacreon
Qui bon Poëte fut & vaillant Biberon.
Et mil autres aussi, puis il ne fault pas croire,
Qu'es insipides eaux les Poëtes viennent boire:
Car chascun a l'enui beuuoit a qui mieux mieux
Du plus friant nouueau & du meilleur vin vieux.
De moy si ie voulois estre vn Galant Poëte,

Si ie voulois chanter DORIDE la Brunette.
Ie ne m'amuserois a ces fantasques eaux:
Ie m'arestroys plustost aux meilleurs vins nouueaux.
    Ie voudrois seulement de cette vnde Pourprine
Boyre Neuf foys de rang & puis de ma Ciprine.
Piller vn baiser seul, si faire le pouuois,
Ie ferois lors ouïr ma Poëtique voix.
L'on n'orroit que son nom, redire a ma Musette
Et toy bon vin aussi: Rien plus ie ne souhaitte
Que du Guerrier Bacchus suiure les Estendars:
Et quitter tous ceux la du Mollet Filz de Mars.
    O bon vin ô combien ton essence m'agrée:
Ce fut par ton moyen que la Belle Medée,
Et non autre, changea pour l'Amour de Iason,
En ieune Iouuenceau son Pere ja grison.
Il n'y a Restaurent, il n'y a Quint' essence
Qui ait tant de vertu, qui ait tant de puissance,
De r'ajeunir vn corps, vieil, debile & malsain,
Comme toy de nos maux l'excelent Medecin.
Les Bausmes odorans, que porte l'Armenie,
La Chine & le Mouluq', ne font tel' Harmonie,
En nos corps & ne sont si plaisans au gouster,
Si tous les Dieux des Grecz auecques Iupiter
Lors qu'ilz Banquetoient tous, a la Celeste Table,

D ij

Et beuuoient le Nectar, si doux & delectable
Eussent eu ce bon vin, bon vin delicieux,
Ilz eussent pour l'auoir abandonné les Cieux.
Et pour Trinquer d'autant, si douce Maluoisie:
Ilz eussent jetté la Nectar & Ambrosie.

    Que Beneist sois tu donq Bausme, Nectar diuin,
Qu'inmortel soit ton nom, ton honneur: ô bon vin.
Dessoubz l'aile du Ciel, soit ceste liqueur douce,
Exempte de l'Aigreur de l'Euant & de Pouce.
Viue a iamais la Vigne & le Bois qui produit
Vn jus si agreable: & vn si friant Fruict.
Et que son Vigneron, si bien il la cultiue
Gaillard, sain & dispos en santé Cent ans viue.
Iamais d'vn rude Yuer, l'importune froideur,
Et le Verglas n'offence ou ton Boys ou ta Fleur.
Et ta Sceue si tendre, à la dure Gelée
Atteinte n'en soit onq' ni du Soleil bruslée.

    Que de ton clos enclos, le Sanglier, le Renard,
N'aproche que de loin de son œil le regard.
Que le Pitault Larron, vendengeant à la Lune:
Ou bien soubz la faueur de la nuict sombre & brune;
Qui viendra pour rauir tes Raisins meurs & bons,
Ne trouue soubz ses mains: Qu'espines & Chardons.
Qui conque te voudra, ô Vigne, faire outrage,

Soit d'un Loup affamé, la proye & le Carnage.

Bon vin quand tu seras, mis dedans un Cellier,
Ne tombe point és mains d'un meschant Sommelier.
Qui lasche & paresseux en aller ne te laisse:
Et ton habit de Bois, trop souuent il ne perce.
Que s'il te picque trop, de Vrille ou de Giblet,
Qu'on l'enuoye Escrimer, aux accens d'un Siflet.

Qu'un mal adroit chargeur, te chargeât ne se Charge
Et chargeant trop son corps, le tien trop ne Descharge.

Ne tombe dans les mains, d'un Yurongne Chartier
Ne tombe dans les mains, d'un larron Voicturier:
Qui apres auoir faict en ton corps mainte playe
Et deuoré ton sang Arabe ne te noye.
Il est permis a tous de boire quelques fois
Mais la sobrieté est requise és Charrois.

Dieu te garde ô bon vin, de tous facheux encôbres
Dieu qui seul de sô œil, voit clair aux lieux plus sôbres.
Qu'apres auoir couru tant de fascheux hazardz:
Et Triumphant conduit par tout le monde espars;
Tu ne tombes enfin, en la main qui brouillonne
Te Metamorphosant cent figures te donne.
Et trompeur vestandier ne t'aille deguisant,
En cinq ou six tonneaux, un tonneau diuisant.
Qu'il ne te cache point desoubz la Couuerture

Qui faict de l'Auuernat, seulement en peinture.
Bien que ce soit vin Blanc, qui tel sera connu
Ostant son noir Manteau, on le verra tout nu.
* Ostés ces Teinturiers, ne leur donnés l'entrée,*
R'enuoyés les la bas en leur noire contrée.
Car si vous ne cassez, aux gages tous ces Teins.
Hercule courcucé, fera par les destins
Que dedans peu de temps l'on verra ruinée,
La Gloire d'Orleans en sa bonne vinée.
Qu'vn vin Forain ne soit en Guespin reuestu,
Qui en porte l'Habit, (&) non pas la Vertu.
Soubz telz abus couuertz, nostre vin l'on mesprise
Vin dont la bonté est, sur tous les vins exquise:
* Mon Hercule Guespin en faueur de Bacchus:*
Tous ces Monstres nouueaux refoulera veincus.
Vn tant excellant vin, des plus rares l'eslite
Comme sans Parangon: sur tous les vins merite,
D'estre conserué seul: Pour la Bouche des Roys,
Et aussi pour ceux la qui d'vne douce vois
Scauront mieux exprimer, sur l'vne (&) l'autre Lire
Le plaisir amoureux ou si bon vin m'attire,
Et qui mieux sonneront d'vn pouce fredonneur,
D'Escvres vos Vertus nourrisses de l'honneur.
* Puis qu'vn tel souuenir, si doucement m'enchante*

N'eſt ce pas la raiſon que ſa bonté ie vante,
Que ie l'immortaliſe & ſon pouuoir Diuin
Le Delice plus grand, de tout le genre humain:
L'on ne peut ſans bon vin, faire vne chere lie;
Muſes en ſa faueur toutes ie vous ſuplie.

D'Escvres viuez donq, & ou ſeront vos yeux
Soit touſiours vn Printemps, plaiſant & gracieux,
Quelque part que ſoyez le Chagrain ne s'arreſte,
Fuyent vos ennemis de vous comme tempeſte
Et que mes vers remplis d'vn immortel renom,
Puiſſent a nos Nepueux faire ouir voſtre nom
Plus doux que n'eſt le miel, des fæcondes Auettes
Faict d'Oeillets, de Iaſmins & de douces Fleurettes.

L. D.

A FRVCTV VINI ET OLEI SVI MVLTIPLICATI SVNT.

CONSTANTIA CEDO,

www.ingramcontent.com/pod-product-compliance
Ingram Content Group UK Ltd.
Pitfield, Milton Keynes, MK11 3LW, UK
UKHW021718130726
13696UKWH00004B/1892